KB164874

하늘과 바람과 별과 시

윤동주

하늘과 바람과 별과 시

윤동주

(유)태평양저널

차례

1. 하늘과 바람과 별과 시

2. 쉽게 씌어진 시

3. 산문

1.

___

하늘과
바람과 별과 시

서시 (序詩)

죽는 날까지 하늘을 우러러
한 점 부끄러움이 없기를,
잎새에 이는 바람에도
나는 괴로워했다.
별을 노래하는 마음으로
모든 죽어가는 것을 사랑해야지
그리고 나에게 주어진 길을
걸어가야겠다.

오늘밤에도 별이 바람에 스치운다.

하늘과 바람과 별과 시

자화상

산모퉁이를 돌아 논가 외딴 우물을 홀로 찾아가선 가만히 들여다봅니다.

우물 속에는 달이 밝고 구름이 흐르고
하늘이 펼치고 파아란 바람이 불고 가을이 있습니다.

그리고 한 사나이가 있습니다.
어쩐지 그 사나이가 미워져 돌아갑니다.

돌아가다 생각하니 그 사나이가 가엾어집니다.
도로 가 들여다보니 사나이는 그대로 있습니다.

다시 그 사나이가 미워져 돌아갑니다.
돌아가다 생각하니 그 사나이가 그리워집니다.

우물 속에는 달이 밝고 구름이 흐르고
하늘이 펼치고 파아란 바람이 불고 가을이 있고 추억처럼
사나이가 있습니다.

소년

여기저기서 단풍잎 같은 슬픈 가을이 뚝뚝 떨어진다.
단풍잎 떨어져 나온 자리마다 봄을 마련해놓고
나뭇가지 위에 하늘이 펼쳐있다.
가만히 하늘을 들여다보면 눈썹에 파란 물감이 든다.
두 손으로 따뜻한 볼을 쓸어보면
손바닥에도 파란 물감이 묻어난다.

다시 손바닥을 들여다본다.
손금에는 맑은 강물이 흐르고, 맑은 강물이 흐르고,
강물 속에는
사랑처럼 슬픈 얼굴―아름다운 순이(順伊)의 얼굴이
어린다.
소년은 황홀히 눈을 감아본다.
그래도 맑은 강물은 흘러
사랑처럼 슬픈 얼굴―아름다운 순이의 얼굴은 어린다.

하늘과 바람과 별과 시

눈 오는 지도

순이(順伊)가 떠난다는 아침에 말 못할 마음으로 함박눈이 내려, 슬픈 것처럼 창밖에 아득히 깔린 지도 위에 덮인다. 방 안을 돌아다보아야 아무도 없다. 벽과 천정이 하얗다. 방 안에까지 눈이 내리는 것일까. 정말 너는 잃어버린 역사처럼 홀홀이 가는 것이냐. 떠나기 전에 일러둘 말이 있던 것을 편지를 써서도 네가 가는 곳을 몰라 어느 거리, 어느 마을, 어느 지붕 밑, 너는 네 마음속에만 남아 있는 것이냐, 네 쪼고만 발자욱을 눈아 자꾸 내려 덮여 따라갈 수도 없다. 눈이 녹으면 남은 발자욱 자리마다 꽃이 피리니 꽃 사이로 발자욱을 찾아 나서면 일년 열두 달 하냥* 내 마음에는 눈이 내리리라.

* 하냥 : '늘', '함께'의 방언

병원

살구나무 그늘로 얼굴을 가리고 병원 뒤뜰에 누워, 젊은
여자가 흰옷 아래로 하얀 다리를 드러내놓고 일광욕을 한다.
한나절이 기울도록 가슴을 앓는다는 이 여자를 찾아오는
이, 나비 한 마리도 없다. 슬프지도 않은 살구나무 가지에는
바람조차 없다.

나도 모를 아픔을 오래 참다 처음으로 이곳에 찾아왔다.
그러나 나의 늙은 의사는 젊은이의 병을 모른다. 나한테는
병이 없다고 한다. 이 지니친 시련, 이 지나친 피로, 나는
성내서는 안 된다.

여자는 자리에서 일어나 옷깃을 여미고 화단에서 금잔화
한 포기를 따 가슴에 꽂고 병실로 사라진다. 나는 그 여자의
건강이ー아니 내 건강도 속히 회복되기를 바라며 그가
누웠던 자리에 누워 본다.

태초의 아침

봄날 아침도 아니고
여름, 가을, 겨울,
그런 날 아침도 아닌 아침에

빨알간 꽃이 피어났네,
햇빛이 푸른데,

그 전날 밤에
그 전날 밤에
모든 것이 마련되었네.

사랑은 뱀과 함께
독(毒)은 어린 꽃과 함께.

또 태초의 아침

하얗게 눈이 덮이었고
전신주가 잉잉 울어
하나님 말씀이 들려온다.

무슨 계시일까,

빨리
봄이 오면
죄를 짓고
눈이
밝아

이브가 해산(解産)하는 수고를 디하면

무화과(無花果) 잎사귀로 부끄러운 데를 가리고

나는 이마에 땀을 흘려야겠다.

눈 감고 간다

태양을 사모하는 아이들아
별을 사랑하는 아이들아

밤이 어두웠는데
눈 감고 가거라.

가진바 씨앗을
뿌리면서 가거라.

발부리에 돌이 채이거든
감았던 눈을 활짝 펴라.

간판 없는 거리

정거장 플랫폼에
내렸을 때 아무도 없어,

다들 손님들뿐,
손님 같은 사람들뿐,

집집마다 간판이 없어
집 찾을 근심이 없어

빨갛게
파랗게
불 붙는 문자(文字)도 없이

모퉁이마다
자애로운 헌 와사등(瓦斯燈)에
불을 켜놓고,

🍃 하늘과 바람과 🌿 별과 시 🌾

손목을 잡으면
다들, 어진 사람들
다들, 어진 사람들

봄, 여름, 가을, 겨울
순서로 돌아들고.

무서운 시간

거 나를 부르는 것이 누구요,

가랑잎 이파리 푸르러 나오는 그늘인데,
나 아직 여기 호흡이 남아 있소.

한 번도 손들어 보지 못한 나를
손들어 표할 하늘도 없는 나를

어디에 내 한몸 둘 하늘이 있어
나를 부르는 것이오.

일을 마치고 내 죽는 날 아침에는
서럽지도 않은 가랑잎이 떨어질 텐데……

나를 부르지 마오

🍃 하늘과 바람과 🍃 별과 시 🌿

새벽이 올 때까지

다들 죽어가는 사람들에게
검은 옷을 입히시오.

다들 살아가는 사람들에게
흰 옷을 입히시오.

그리고 한 침대에
가지런히 잠을 재우시오.

다들 울거들랑
젖을 먹이시오.

이제 새벽이 오면
니팔 소리가 들려올 거외다.

새로운 길

내를 건너서 숲으로
고개를 넘어서 마을로

어제도 가고 오늘도 길
나의 길 새로운 길

민들레가 피고 까치가 날고
아가씨가 지나고 바람이 일고

나의 길은 언제나 새로운 길
오늘도… 내일도…

내를 건너 숲으로
고개를 넘어 마을로

돌아와 보는 밤

세상으로부터 돌아오듯이
이제 내 좁은 방에 돌아와 불을 끄옵니다.
불을 켜 두는 것이 너무나 괴로운 일이옵니다.
그것은 낮의 연장(延長)이옵기에…

이제 창을 열어 공기를 바꾸어 들여야 할텐데
밖을 가만히 내다보아야
방 안과 같이 어두워 꼭 세상 같은데
비를 맞고 오던 길이
그대로 빗속에 젖어 있사옵니다.

하루의 울분을 씻을 바 없어
가만히 눈을 감으면
마음 속으로 흐르는 소리,
이제 사상(思想)이
능금처럼 저절로 익어 가옵니다.

바람이 불어

바람이 어디로부터 불어와
어디로 불려가는 것일까,

바람이 부는데
내 괴로움에는 이유가 없다.

내 괴로움에는 이유가 없을까,

단 한 여자를 사랑한 일도 없다.
시대를 슬퍼한 일도 없다.

바람이 자꾸 부는데
내 발이 반석 위에 섰다.

강물이 자꾸 흐르는데
내 발이 언덕 위에 섰다.

또 다른 고향

고향에 돌아온 날 밤에
내 백골이 따라와 한 방에 누웠다.
어둔 방은 우주로 통하고
하늘에선가 소리처럼 바람이 불어온다.
어둠 속에서 곱게 풍화작용(風化作用)하는
백골을 들여다보며
눈물짓는 것이 내가 우는 것이냐
백골이 우는 것이냐
아름다운 혼이 우는 것이냐
지조 높은 개는
밤을 새워 어둠을 짖는다.
어둠을 짖는 개는
나를 쫓는 것일 게다.
가자 가자
쫓기우는 사람처럼 가자.

백골 몰래
아름다운 또 다른 고향에 가자.

십자가

쫓아오던 햇빛인데
지금 교회당 꼭대기
십자가에 걸렸습니다.

첨탑이 저렇게도 높은데
어떻게 올라갈 수 있을까요.

종소리도 들려오지 않는데
휘파람이나 불며 서성거리다가,

괴로웠던 사나이,
행복했던 예수 그리스도에게
처럼
십자가가 허락한다면

모가지를 드리우고
꽃처럼 피어나는 피를
어두워 가는 하늘 밑에
조용히 흘리겠습니다.

🍃 하늘과 바람과 🍃 별과 시 🌾

길

잃어버렸습니다.
무얼 어디다 잃어버렸는지 몰라
두 손이 주머니를 더듬어
길게 나아갑니다.

돌과 돌과 돌이 끝없이 연달아
길은 돌담을 끼고 갑니다.
담은 쇠문을 굳게 닫아
길 위에 긴 그림자를 드리우고

길은 아침에서 저녁으로
저녁에서 아침으로 통했습니다.
돌담을 더듬어 눈물짓다
쳐다보면 하늘은 부끄럽게 푸릅니다.

풀 한 포기 없는 이 길을 걷는 것은
담 저쪽에 내가 남아 있는 까닭이고,

내가 사는 것은 다만,
잃은 것을 찾는 까닭입니다.

별 헤는 밤

계절이 지나가는 하늘에는
가을로 가득 차 있습니다.

나는 아무 걱정도 없이
가을 속의 별들을 다 헤일 듯합니다.

가슴속에 하나 둘 새겨지는 별을
이제 다 못 헤는 것은
쉬이 아침이 오는 까닭이요,
내일 밤이 남은 까닭이요,
아직 나의 청춘이 다하지 않은 까닭입니다.

별 하나에 추억과
별 하나에 사랑과
별하나에 쓸쓸함과
별 하나에 동경(憧憬)과
별 하나에 시와
별 하나에 어머니, 어머니,

하늘과 바람과 별과 시

어머님, 나는 별 하나에 아름다운 말 한 마디씩
불러 봅니다.
소학교 때 책상을 같이 했던
아이들의 이름과
패(佩), 경(鏡), 옥(玉).
이런 이국소녀(異國少女)들의 이름과
벌써 애기 어머니가 된 계집애들의 이름과,
가난한 이웃 사람들의 이름과,
비둘기, 강아지, 토끼. 노새, 노루,
프랑시스 잠, 라이너 마리아 릴케
이런 시인들의 이름을 불러 봅니다.

이네들은 너무나 멀리 있습니다,
별이 아슬히 멀듯이,

어머님,
그리고 당신은 멀리 북간도에 계십니다.
나는 무엇인지 그리워

이 많은 별빛이 내린 언덕 위에
내 이름자를 써보고
흙으로 덮어버렸습니다,

딴은 밤을 새워 우는 벌레는
부끄러운 이름을 슬퍼하는 까닭입니다.

그러나 겨울이 지나고 나의 별에도 봄이 오면
무덤 위에 파란 잔디가 피어나듯이
네 이름자 묻힌 언덕 위에도
자랑처럼 풀이 무성할 거외다.

2.

쉽게
쓰여진 시

흰 그림자

황혼(黃昏)이 짙어지는 길모금에서
하루 종일 시든 귀를 가만히 기울이면
땅거미 옮겨지는 발자취 소리,

발자취 소리를 들을 수 있도록
나는 총명했던가요.

이제 어리석게도 모든 것을 깨달은 다음
오래 마음 깊은 속에
괴로워하던 수많은 나를
하나, 둘 제 고향으로 돌려보내면
거리 모퉁이 어둠 속으로
소리없이 사라지는 흰 그림자,

흰 그림자들,
연연히 사랑하던 흰 그림자들,
내 모든 것을 돌려보낸 뒤
허전한 뒷골목을 돌아
황혼처럼 물드는 내 방으로 돌아오면

신념이 깊은 의젓한 양(羊)처럼
하루 종일 시름없이 풀포기나 뜯자.

슬픈 족속

흰 수건이 검은 머리를 두르고
흰 고무신이 거친 발에 걸리우다.

흰 저고리 치마가 슬픈 몸집을 가리고
흰띠가 가는 허리를 질끈 동이다.

봄 1

봄이 혈관 속에 시내처럼 흘러
돌, 돌, 시내 차가운 언덕에
개나라, 잔달래, 노오란 배추꽃

삼동(三冬)을 참아온 나는
풀포기처럼 피어난다.

즐거운 종달새야
어느 이랑에서나 즐거웁게 솟쳐라.

푸르른 하늘은
아른아른 높기도 한데......

사랑스런 추억

봄이 오던 아침, 서울 어느 조그만 정거장에서
희망과 사랑처럼 기차를 기다려,

나는 플랫폼에 간신히 그림자를 떨어뜨리고,
담배를 피웠다.

내 그림자는 담배 연기 그림자를 날리고
비둘기 한 떼가 부끄러울 것도 없이
나래 속을 속, 속, 햇빛에 비춰 날았다.

기차는 아무 새로운 소식도 없이
나를 멀리 실어다 주어,

봄은 다 가고 동경(東京) 교외 어느 조용한
하숙방에서, 옛 거리에 남은 나를 희망과
사랑처럼 그리워한다.
오늘도 기차는 몇 번이나 무의미하게 지나가고 .

🍃 하늘과 바람과 🪶 별과 시 🌾

오늘도 나는 누구를 기다려
정거장 가까운 언덕에서 서성거릴 게다.

—아아 젊음은 오래 거기 남아 있거라.

비 오는 밤

쏴! 철석! 파도소리 물살에 부서져
잠 살포시 꿈이 흩어진다.

잠은 한낱 검은 고래떼처럼 살래어,
달랠 아무런 재주도 없다.

불을 밝혀 잠옷을 정성스레 여미는
삼경(三更),
염원(念願).

동경의 땅 강남(江南)에 또 홍수질 것만 싶어,
바다의 향수(鄕愁)보다 더 호젓해진다.

못 자는 밤

하나, 둘, 셋, 넷
....
밤은 많기도 하다.

쉽게 씌어진 시

창 밖에 밤비가 속살거려
육첩방(六疊房)은 남의 나라,

시인이란 슬픈 천명(天命)인 줄 알면서도
한 줄 시를 적어 볼까,

땀내와 사랑내 포근히 품긴
보내 주신 학비 봉투를 받아

대학 노ー트를 끼고
늙은 교수의 강의 들으러 간다.

생각해 보면 어린 때 동무를
하나, 둘, 죄다 잃어버리고

나는 무얼 바라
나는 다만, 홀로 침전(沈澱)하는 것일까?

하늘과 바람과 별과 시

인생은 살기―어렵다는데

시가 이렇게 쉽게 씌어지는 것은
부끄러운 일이다.

육첩방(六疊房)은 남의 나라
창 밖에 밤비가 속살거리는데,

등불을 밝혀 어둠을 조금 내몰고,
시대처럼 올 아침을 기다리는 최후의 나,

나는 나에게 작은 손을 내밀어
눈물과 위안으로 잡는 최초의 악수.

흐르는 거리

으스름히 안개가 흐른다. 거리가 흘러간다.
저 전차, 자동차, 모든 바퀴가
어디로 흘리워 가는 것일까?
정박(碇泊)할 아무 항구도 없이,
가련한 많은 사람들을 싣고서,
안개 속에 잠긴 거리는

거리 모퉁이 붉은 포스트 상자를
붙잡고 섰을 라면 모든 것이 흐르는 속에
어렴풋이 빛나는 가로등, 꺼지지 않는 것은 무슨
상징일까?
사랑하는 동무 박(朴)이여!
그리고 김(金)이여!
자네들은 지금 어디 있는가?
끝없이 안개가 흐르는데,

「새로운 날 아침 우리 다시 정답게 손목을 잡아보세」
몇 자 적어 포스트 속에 떨어뜨리고,

밤을 새워 기다리면
금휘장에 금단추를 삐었고
거인처럼 찬란히 나타나는 배달부,
아침과 함께 즐거운 내임(來臨),
이 밤을 하염없이 안개가 흐른다.

꿈은 깨어지고

꿈은 눈을 떴다
그윽한 유무(幽霧)에서

노래하는 종다리
도망쳐 날아나고,
지난날 봄타령하던
금잔디밭은 아니다.

탑(塔)은 무너졌다.
붉은 마음의 탑이―

손톱으로 새긴 대리석탑이―
하루 저녁 폭풍(暴風)에 여지(餘地) 없어도

오오 황폐의 쑥밭,
눈물과 목메임이여!
꿈은 깨어졌다
탑(塔)은 무너졌다.

팔복 (八福)

마태복음 5장 3-12

슬퍼하는 자는 복이 있나니
슬퍼하는 자는 복이 있나니
슬퍼하는 자는 복이 있나니
슬퍼하는 자는 복이 있나니
슬퍼하는 자는 복이 있나니
슬퍼하는 자는 복이 있나니
슬퍼하는 자는 복이 있나니
슬퍼하는 자는 복이 있나니

저희가 영원히 슬플 것이오.

달밤

흐르는 달의 흰 물결을 밀쳐
여윈 나무 그림자를 밟으며
북망산(北邙山)을 향한 발걸음은 무거웁고
고독을 반려(伴侶)한 마음은 슬프기도 하다.

누가 있어만 싶은 묘지엔 아무도 없고,
정적(靜寂)만이 군데군데 흰 물결에 폭 젖었다.

간 (肝)

바닷가 햇빛 바른 바위 위에
습한 간(肝)을 펴서 말리우자.

코카사쓰 산중에서 도망해 온 토끼처럼
둘러리를 빙빙 돌며 간(肝)을 지키자,

내가 오래 기르던 여윈 독수리야!
와서 뜯어 먹어라, 시름없이

너는 살찌고
나는 여위어야지, 그러나,

거북이야!
다시는 용궁의 유혹에 안 떨어진다.

프로메테우스 불쌍한 프로메테우스
불 도적한 죄로 목에 맷돌을 달고
끝없이 침전(沈澱)하는 프로메테우스

유언 (遺言)

후어—ㄴ한 방에
유언(遺言)은 소리없는 입놀림

바다에 진주 캐러 갔다는 아들
해녀와 사랑을 속삭인다는 맏아들
이밤에사 돌아오나 내다 봐라 —

평생 외롭던 아버지의 운명(殞命)
감기우는 눈에 슬픔이 어린다.

외딴 집에 개가 짖고
휘양찬 달이 문살에 흐르는 밤.

황혼

햇살은 미닫이 틈으로
길쭉한 일자(一字)를 쓰고... 지우고...

까마귀떼 지붕 위로
둘, 둘, 셋, 넷 자꾸 날아 지난다.
쑥쑥, 꿈틀꿈틀 북쪽 하늘로

내사......
북쪽 하늘에 나래를 펴고 싶다.

남쪽 하늘

제비는 두 나래를 가지었다.
스산한 가을날一

어머니의 젖가슴이 그리운

서리 내리는 저녁一
이런 영(靈)은 쪽나래의 향수(鄕愁)를 타고
남쪽의 하늘에 떠돌 뿐一

참회록 (懺悔錄)

파란 녹이 낀 구리 거울 속에
내 얼굴이 남아 있는 것은
어느 왕조의 유물이기에
이다지도 욕될까

나는 나의 참회(懺悔)의 글을 한 줄에 줄이자
一만 이십사년 일개월을
무슨 기쁨을 바라 살아왔던가

내일이나 모레나 그 어느 즐거운 날에
나는 또 한 줄의 참회록을 써야 한다.
一그때 그 젊은 나이에
왜 그런 부끄러운 고백을 했던가

밤이면 밤마다 나의 거울을
손바닥으로 발바닥으로 닦아보자.

그러면 어느 운석 밑으로 홀로 걸어가는
슬픈 사람의 뒷모양이
거울 속에 나타나 온다.

아침

휙, 휙, 휙,
소꼬리가 부드러운 채찍질로
어둠을 쫓아
캄, 캄, 어둠이 깊다깊다 밝으오.

이제 이 동리의 아침이
풀살 오른 엉덩이처럼 푸르오.
이 동리 콩죽 먹은 사람들이
땀물을 뿌려 이 여름을 길렀소.

잎, 잎, 풀잎마다 땀방울이 맺혔소.

구김살 없는 이 아침을
심호흡하고 또 하오.

비둘기

안아 보고 싶게 귀여운
산비둘기 일곱 마리
하늘 끝까지 보일 듯이 맑은 공일날 아침에
벼를 거두어 빤빤한 논에
앞을 다투어 모이를 주으며
어려운 이야기를 주고 받으오.

날씬한 두 나래로 조용한 공기를 흔들어
두 마리가 나오
집에 새끼 생각이 나는 모양이오.

산협(山峽)의 오후

내 노래는 오히려
설운 산울림

골짜기 길에
떨어진 그림자는
너무나 슬프구나.

오후의 명상은
아— 졸려.

내일은 없다
어린 마음이 물은

내일 내일 하기에
물었더니
밤을 지고 동틀 때
내일이라고

새날을 찾던 나는
잠을 자고 돌아보니
그때는 내일이 아니라
오늘이더라
무리여! 동무여!
내일은 없나니
········

한란계(寒暖計)

싸늘한 대리석 기둥에 모가지를 비틀어 맨 한란계
문득 들여다 볼 수 있는 운명(運命)한
오척 육촌(五尺六寸)의 허리 가는 수은주,
마음은 유리 관(管)보다 맑소이다.

혈관이 단조로워 신경질인 여론동물(輿論動物),
가끔 분수같은 냉(冷)침을 억지로 삼키기에
정력을 낭비합니다.

영하(零下)로 손가락질할 수돌네 방처럼
추운 겨울보다
해바라기 만발한 팔월 교정이 이상(理想)곱소이다.
피끓을 그날이—

어제는 막 소나기가 퍼붓더니
오늘은 좋은 날씨올시다.
동저고리 바람에 언덕으로, 숲으로 하시구려—
이렇게 가만 가만 혼자서

귓속 이야기를 하였습니다.

나는 또 내가 모르는 사이에─

나는 아마도 진실한 세기의 계절을 따라
하늘만 보이는 울타리 안을 뛰쳐,
역사같은 포지션을 지켜봅니다.

산상 (山上)

거리가 바둑판처럼 보이고
강물이 배암의 새끼처럼 기는
산 위에까지 왔다.
아직쯤은 사람들이
바둑돌처럼 벌려 있으리라.

한나절의 태양이
함석지붕에만 비치고,
굼벵이 걸음을 하던 기차가
정거장에 섰다가 검은 내를 토하고
또 걸음발을 탄다.

텐트 같은 하늘이 무너져
이 거리를 덮을까 궁금하면서
좀 더 높은데로 올라가고 싶다.

무얼 먹고 사나

바닷가 사람
물고기 잡아먹고 살고

산골엣 사람
감자 구어 먹고 슬고

별나라 사람
무얼 먹고 사나.

이런 날

사이좋은 정문(正門)의 두 돌기둥 끝에서
오색기(五色旗)와 태양기(太陽旗)가 춤을 추는 날,
금을 그은 지역의 아이들이 즐거워하다.

아이들에게 하루의 건조한 학과(學課)로
해말간 권태(倦怠)가 깃들고
「모순(矛盾)」 두 자를 이해치 못하도록
머리가 단순하였구나.

이런 날에는
잃어버린 완고하던 형을
부르고 싶다.

창공

그 여름날
열정의 포플러는
오려는 창공의 푸른 젖가슴을
어루만지려
팔을 펼쳐 흔들거렸다.
끓는 태양 그늘 좁다란 지점에서
천막(天幕)같은 하늘 밑에서
떠들던, 소나기
그리고 번개를,
춤추던 구름을 이끌고
남방(南方)으로 도망하고
높다랗게 창공은 한폭으로
가지 위에 퍼지고
둥근달과 기러기를 불러왔다.

푸르른 어린 마음이 이상(理想)에 타고
그의 동경(憧憬)의 날 가을에
조락(凋落)의 눈물을 비웃다.

고추밭

시들은 잎새 속에서
고 빠알간 살을 드러내 놓고,
고추는 방년(芳年)된 아가씨인냥
땡볕에 자꾸 익어간다.

할머니는 바구니를 들고
밭머리에서 어정거리고
손가락 빠는 아이는
할머니 뒤만 따른다.

초 한 대

초 한 대―
내 방에 풍긴 향내를 맡는다.

광명의 제단(祭壇)이 무너지기 전
나는 깨끗한 제단을 보았다.

염소의 갈비뼈같은 그의 몸,
그의 생명인 심지(心志)까지
백옥같은 눈물과 피를 흘려
불살라버린다.

그리고도 책상머리에 아롱거리며
선녀처럼 촛불은 춤을 춘다.

매를 본 꿩이 도망하듯이
암흑이 창구멍으로 도망한
니의 방에 풍긴
제물의 위대한 향내를 맛보노라.

병아리

「뾰, 뾰, 뾰,
엄마 젖 좀 주」
병아리 소리.

「꺽, 꺽. 꺽,
오냐 좀 기다려」
엄마닭 소리.

좀 있다가
병아리들은
엄마품 속으로
다 들어갔지요.

하늘과 바람과 별과 시

버선본

어머니
누나 쓰다버린 습자지는
두었다간 뭣에 쓰나요?

그런 줄 몰랐더니
습자자에다 내 버선 놓고
가위로 오려
버선본 만드는 걸.

어머니
내가 쓰다버린 몽당연필은
두었다가 뭣에 쓰나요?

그런 줄 몰랐더니
천 위에다 버선본 놓고
침 발라 점을 찍곤
내 버선 만드는 걸.

바다

실어다 뿌리는
바람조차 시원타.

솔나무 가지마다 새촘히
고개를 돌리어 버들어지고,

밀치고
밀치운다.

이랑을 넘는 물결은
폭포처럼 피어오른다.

해변(海邊)에 아이들이 모인다
찰찰 손을 씻고 구보로,
바다는 자꾸 설워진다.
갈매기의 노래에......

돌아다보고 돌아다보고
돌아가는 오늘의 바다여!

하늘과 바람과 별과 시

겨울

처마 밑에
시래기 다래미
바삭바삭
추워요.

길바닥에
말똥 동그라미
달랑달랑 얼어요.

이적 (異蹟)

발에 터부한 것을 따 빼어 버리고
황혼이 호수 위로 걸어오듯이
니도 사뿐사뿐 걸어 보리이까?

내사 이 호수가로
부르는 이 없이
불리워 온 것은
참말 이적(異蹟)이외다.

오늘 따라
연정(戀情), 자홀(自惚), 시기(猜忌), 이것들이
자꾸 금메달처럼 만져지는구려

허나, 내 모든 것을 여념(餘念)없이
물결에 씻어 보내려니
당신은 호면(湖面)으로 불러내소서.

햇빛 · 바람

손가락에 침발라
쏘옥, 쏙, 쏙,
장에 가는 엄마 내다보려 문풍지를
쏘옥, 쏙,쏙,

아침에 햇빛이 반짝,

손가락에 침발라
쏘옥, 쏙, 쏙,
장에 가신 엄마 돌아오나
문풍지를
쏘옥, 쏙, 쏙,

저녁에 바람이 솔솔.

눈

지난밤에
눈이 소오복이 왔네.

지붕이랑
길이랑 밭이랑
추워한다고
덮어주는 이불인가봐.

그러기에
추운 겨울에만 내리지

위로 (慰勞)

거미란 놈이 흉한 심보로
병원 뒤뜰 난간과 꽃밭 사이
사람 발이 잘 닿지 않는 곳에 그물을 쳐놓았다.
옥외 요양(屋外療養)을 받는
젊은 사나이가 누워서 쳐다보기 바르게—

나비 한 마리 꽃밭에 날아 들다 그물에 걸리었다.
노-란 날개를 파득거려도
나비는 자꾸 감기우가만 한다.
거미가 쏜살같이 가더니 끝없는 실을 뽑아
나비의 온몸을 감아버린다.

사나이는 긴 한숨을 쉬었다.

나이보다 무수한 고생 끝에
때를 잃고 병(病)을 얻은 이 사나이를
위로(慰勞)할 말이—
거미줄을 헝클어 버리는 것밖에 위로의 말이 없었다.

가슴 1

소리없는 북,
답답하면 주먹으로
두드려 보오.

그래 봐도
후—
가아는 한숨보다 못하오.

가슴 2

불 꺼진 화(火)덕을
안고 도는 겨울밤은 깊었다.

재만 남은 가슴이
문풍지 소리에 떤다.

곡간 (谷間)

산들이 두 줄로 줄달음치고
여울이 소리쳐 목이 잦았다.
한여름의 햇님이 구름을 타고
이 골짜기를 빠르게도 건너려 한다.

산등허리에 송아지 뿔처럼
울뚝불뚝히 어린 바위가 솟고,
얼룩소의 보드라운 털이
산등성이에 퍼-렇게 자랐다.

3년 만에 고향에 찾아드는
산골 나그네의 발걸음이
타박타박 땅을 고른다.
벌거숭이 두루미 다리같이......

헌신짝이 지팡이 끝에
모가지를 매달아 늘어지고
까치가 새끼의 날발을 태우며 날 뿐
골짝은 나그네의 마음처럼 고요하다.

하늘과 바람과 별과 시

거리에서

달밤의 거리
광풍(狂風)이 휘날리는
북국(北國)의 거리
도시의 진주
전등 밑을 헤엄치는
조그만 인어(人魚) 나,
달과 전등에 비쳐
한 몸에 둘셋의 그림자,
커졌다 작아졌다.
괴롬의 거리
회색(灰色)빛 밤거리를
걷고 있는 이 마음
선풍(旋風)이 일고 있네
와로우면서도
한갈피 두갈피
피어나는 마음의 그림자,
푸른 공상(空想)이
높아졌다 낮아졌다.

비로봉 (毘盧峰)

만상(萬象)을
굽어보기란

무릎이
오들오들 떨린다.

백화(白樺)
어려서 늙었다.

새가
나비가 된다.

정말 구름이
비가 된다.

옷 자락이
칩다.

풍경 (風景)

봄바람을 등진 초록빛 바다
쏟아질 듯 위태롭다.

잔주름 치마폭의 두둥실거리는 물결은
오스라질 듯 한껏 경쾌롭다.

마스트 끝에 붉은 깃발이
여인의 머리칼처럼 나부낀다.

이 생생한 풍경을 앞세우며 뒤세우며
왼ㅡㄴ하루 거닐고 싶다.

ㅡ우중충한 오월 하늘 아래로,
ㅡ바닷빛 포기포기에 수놓은 언덕으로.

기왓장 내외

비오는 날 저녁에 기왓장 내외
잃어버린 외아들 생각나선지
꼬부라진 잔등을 어루만지며
쭈룩쭈룩 구슬피 울음웁니다.

대궐 지붕 위에서 기왓장 내외
아름답던 옛날이 그리워선지
주름잡힌 얼굴을 어루만지며
물끄러미 하늘만 쳐다봅니다.

빗자루

요오리 조리 베면 저고리 되고
이이렇게 베면 큰 총 되지.
누나하고 나하고
가위로 종이 쏠았더니
어머니가 빗자루 들고
누나 하나 나 하나
엉덩이를 때렸소.
방바닥이 어지럽다고—
아아니 아니
고놈의 빗자루가
방바닥 쓸기 싫으니
그랬지 그랬어.
괘씸하여 벽장 속에 감췄더니
이튿날 아침 빗자루가 없다고
어머니가 야단이지요.

고향 집
– 만주에서 부른

헌 짚신짝 끄을고
나 왜 여기에 왔노
두만강을 건너서
쓸쓸한 이 땅에

남쪽 하늘 저 밑에
따뜻한 내 고향
내 어머니 계신 곳
그리운 고향 집

하늘과 바람과 별과 시

애기의 새벽

우리집에는
닭도 없단다.
다만
애기가 젖 달라 울어서
새벽이 된다.

우리집에는
시계도 없단다.
다만 애기가 젖 달라 보채어
새벽이 된다.

오줌싸개 지도

빨랫줄에 걸어 논
요에다 그린 지도
지난밤에 내 동생
오줌싸 그린 지도

꿈에 가본 엄마 계신
별나라 지돈가?
돈 벌러 간 아빠 계신
만주땅 지돈가?

빨래

빨랫줄에 두 다리를 드리우고
흰 빨래들 귓속 이야기하는 오후.

쨍쨍한 7월 햇발은 고요히도
아담한 빨래에만 달린다.

소낙비

번개, 뇌성, 왁자지끈 뚜드려
머언 도회지에 낙뢰가 있어만 싶다.

벼룻장 엎어 논 하늘로
살 같은 비가 살처럼 쏟아진다.

손바닥만한 나의 정원이
마음같이 흐린 호수 되기 일쑤다.

바람이 팽이처럼 돈다.
나무가 머리를 이루 잡지 못한다.

내 경건한 마음을 모셔 드려
노아 때 하늘을 한 모금 마시다.

코스모스

청초한 코스모스는
오직 하나인 나의 아가씨

달빛이 싸늘한 추운 밤이면
옛 소녀가 못 견디게 그리워
코스모스 핀 정원으로 찾아간다.

코스모스는
귀뚜리 울음에도 수줍어지고

코스모스 앞에 선 나는
어렸을 적부터 부끄러워지나니,

내 마음은 코스모스의 마음이요
코스모스의 마음은 내 마음이다.

비행기

머리에 프로펠러가
연자간 풍차보다
더-빨리 돈다.

땅에서 오를 때보다
하늘에 높이 떠서는
바라자 못하다.
숨결이 찬 모양이야.

비행가는―
새처럼 나래를
펄럭거리지 못한다.
그리고 늘―
소리를 지른다.
숨이 찬가 봐.

호주머니

넣을 것 없어
걱정이던 호주머니는,

겨울만 되면
주먹 두 개 갑북갑북.

그 여자

함께 핀 꽃에 처음 익은 능금은
먼저 떨어졌습니다.

오늘도 가을바람은 그냥 붑니다.

길가에 떨어진 붉은 능금은
지나는 손님이 집어갔습니다.

편지

누나!
이 겨울에도
눈이 가득히 왔습니다.

흰 봉투에
눈을 한줌 넣고
글씨도 쓰지 말고
우표도 붙이지 말고
말쑥하게 그대로
편지를 부칠까요?

누나 가신 나라엔
눈이 아니 온다기에.

달같이

연륜(年輪)이 자라나듯
달이 자라는 고요한 밤에
달같이 외로운 사랑이
가슴하나 뻐근히
연륜처럼 피어나간다.

산골물

괴로운 사람아 괴로운 사람아
옷자락 물결 속에서도
가슴속 깊이 돌돌 샘물이 흘러
이—밤을 더불어 말할 이 없도다.
거리의 소음과 노래 부를 수 없도다.

그린 듯이 냇가에 앉았으니
사랑과 일을 거리에 맡기고
가만히 가만히
바다로 가자,
바다로 가자.

산림 (山林)

시계가 자근자근 가슴을 때려
불안한 마음을 산림(山林)이 부른다.

천년 오래인 연륜에 찌들은 유암(幽暗)한 산림이,
고달픈 한 몸을 포옹(抱擁)한 인연을 가졌나보다.

산림의 검은 파동(波動)위로부터
어둠은 어린 가슴을 잣밟고

이파리를 흔드는 저녁바람이
쏴ㅡ공포에 떨게 한다.

멀리 첫여름의 개구리 재질댐에
흘러간 마을의 과거는 아질타.

나무틈으로 반짝이는 별만이
새날의 희망으로 나를 이끈다.

양지쪽

저쪽으로 황토(黃土) 실은 이 땅 봄바람이
호인(胡人)의 물레바퀴처럼 돌아 지나고

아롱진 사월 태양의 손길이
벽을 등진 설운 가슴마다 올올이 만진다.
지도째기 놀음에 뉘 땅인 줄 모르는 애 둘이
한 뽐 손가락이 짧음을 한(恨)함이여

아서라! 가뜩이나 엷은 평화가
깨어질까 근심스럽다.

조개껍질

아롱아롱 조개 껍데기
울 언니 바닷가에서
주워온 조개 껍데기

여긴 북쪽 나라요
조개는 귀여운 선물
장난감 조개 껍데기

데굴데굴 굴리며 놀다
짝 잃은 조개 껍데기
한 짝을그리워 하네.

아롱아롱 조개 껍데기
나처럼 그리워하네
물 소리 바닷물 소리.

창 (窓)

쉬는 시간마다
나는 창녘으로 갑니다.

─창은 산 가르침.

이글이글 불을 피워주소,
이 방에 찬 것이 서립니다.

단풍잎 하나
맴도나 보니
이마도 작으마한 선풍(仙風)이 인 거외다.

그래도 싸늘한 유리창에
햇살이 쨍쨍할 무렵
상학종(上學鐘)이 울어만 싶습니다.

장

이른 아침 아낙네들은 시들은 생활을
바구니 하나 가득 담아 이고...
업고 지고...안고 들고...
모여드오 자꾸 장에 모여드오.

가난한 생활을 골골이 벌여 놓고
말려가고 밀려오고...
저마다 생활을 외치오... 싸우오.

왼 하루 올망졸망한 생활을
되질하고 저울질하고 지질하다가
날이 저물어 아낙네들이
쓴 생활과 바꾸어 또 이고 돌아가오.

햇비

아씨처럼 내린다
보슬보슬 햇비
맞아주자 다같이
옥수숫대처럼 크게
닷자 엿자 자라게
햇님이 웃는다
나 보고 웃는다.

하늘다리 놓였다
아롱아롱 무지개
노래하자 즐겁게
동무들아 이리 오나
다 같아 춤을 추자
햇님이 웃는다
즐거워 웃는다.

봄 2

우리 애기는
아래발치에서 코올코올,

고양이는
부뚜막에서 가릉가릉,

애기 바람이
나뭇가지에서 소올소올,

아저씨 햇님이
하늘 한가운데서 째앵째앵.

밤

외양간 당나귀
아-ㅇ 외마디 울음 울고

딩나귀 소리에
으-아 아 애기 소스리쳐 깨고,

등잔에 불을 다오.

아버지는 당나귀에게
짚을 한 키 담아주시고

어머니는 애기에게
젖을 한 모금 먹이고,

밤은 다시 고요히 잠드오.

비애 (悲哀)

호젓한 세기의 달을 따라
알 듯 모를 듯한 데로 거닐고저!

아닌 밤중에 튀기듯이
잠자리를 뛰쳐
끝없는 광야를 홀로 거니는
사람의 심사는 외로우려니

아― 이 젊은이는
파라미드처럼 슬프구나.

둘 다

바다도 푸르고
하늘도 푸르고

바다도 끝없고
하늘도 끝없고

바다에 돌 던지고
하늘에 침 뱉고

바다는 벙글
하늘은 잠잠.

장미 병들어

장미 병들어
옮겨 놓을 이웃이 없도다.

달랑달랑 외로이
황마차 태워 산에 보낼거나

뚜—구슬피
화륜선 태워 대양에 보낼거나.

프로펠러 소리 요란히
비행기 태워 성층권에 보낼거나

이것저것
다 그만 두고

자라나는 아들이 꿈을 깨기 전
이 내 가슴에 묻어다오.

명상 (瞑想)

가칠가칠한 머리칼은 오막살이 처마끈
쉬파람에 꽃마루가 서운한 양 간질키오.

들창(窓)같은 눈은 가볍게 닫혀
이 밤에 연정(戀情)은 어둠처럼 골골이 스며드오.

아우의 인상화

붉은 이마에 싸늘한 달이 서리어
아우의 얼굴은 슬픈 그림이다.

발걸음을 멈추어
살그머니 앳된 손을 잡으며
「늬는 자라서 무엇이 되려니」
「사람이 되지」
아우의 설은 진정코 설은 대답이다.

슬며시 잡았던 손을 놓고
아우의 얼굴을 다시 들여다본다.
싸늘한 달이 붉은 이마에 젖어
아우의 얼굴은 슬픈 그림이다.

반딧불

가자 가자 가자
숲으로 가자
달 조각을 주으러
숲으로 가자.

그믐달 반딧불은
부서진 달 조각,

가자 가자
숲으로 가자
달 조각을 주으러
숲으로 가자.

사랑의 전당 (殿堂)

순아 너는 내 전(殿)에 언제 들어왔던 것이냐?
내사 언제 네 전(殿)에 들어갔던 것이냐?
우리들의 전당은
고풍(古風)한 풍습(風習)이 어린 사랑의 전당

순아 암사슴처럼 수정(水晶)눈을 내려 감아라.
난 사자처럼 엉크린 머리를 고루련다.

우리들의 사랑은 한낱 벙어리였다.
성스런 촛대에 열(熱)한 불이 꺼지기 전
순아 너는 앞문으로 내 달려라.

어둠과 바람이 우리 창에 부닥치기 전
나는 영원한 사랑을 안은 채
뒷문으로 멀리 사라지련다.

이제 네게는 삼림(森林) 속의 아늑한 호수가 있고
내게는 험준(險峻)한 산맥이 있다.

🍃 하늘과 바람과 🌱 별과 시 🌱

닭

한칸 계사(鷄舍) 그 너머 창공이 깃들어
자유의 향토를 잊은 닭들이
시들은 생활을 주잘대고
생산의 고로(苦勞)를 부르짖었다.

음산한 계사에서 쏠려나온
외래종(外來種) 레구홍,
학원(學園)에서 새무리가 밀려나오는
삼월의 맑은 오후도 있다.

닭들은 녹아드는 두엄을 파기에
아담한 두 다라가 분주(奔走)하고
굶주렸던 주둥이가 부지런하다.
두 눈아 붉게 여므도록—

개

눈 위에서
개가

꽃을 그리며
뛰오.

이별

눈이 오다 물이 되는 날
잿빛 하늘에 또 부연내, 그리고
커다란 기관차는 빼액 울며,
조그만 가슴은 울렁거린다.

이별이 너무 재빠르다, 안타깝게도,
사랑하는 사람을,
일터에서 만나자 하고―

더운 손의 맛과 구슬 눈물이 마르기 전
기차는 꼬리를 산굽으로 돌렸다.

굴뚝

산골짝 오막살이 낮은 굴뚝엔
몽기몽기 웨앤 연기 대낮에 솟나.

감자를 굽는 게지 총각애들이
깜박깜박 검은 눈이 모여 앉아서
입술에 꺼멓게 숯을 바르고
옛이야기 한커리에 감자 하나씩,

산골짜기 오막살이 낮은 굴뚝엔
살랑살랑 솟아나네 감자 굽는 내.

모란봉(牡丹峰)에서

앙상한 소나무 가지에
훈훈한 바람의 날개가 스치고
얼음 섞인 대동강물에
한나절 햇발이 미끌어지다.

허물어진 성터에서
철모르는 여아들이
저도 모를 이국말로
재잘대며 뜀을 뛰고

난데없는 자동차가 밉다.

해바라기 얼굴

누나의 얼굴은
해바라가 얼굴
해가 금방 뜨자
일터에 간다.

해바라기 얼굴은
누나의 얼굴
얼굴이 숙어들어
집으로 온다.

참새

가을 지난 마당은 하이얀 종이
참새들이 글씨를 공부하지요.

째액째액 입으로 받아 읽으며
두 발로는 글씨를 연습하지요.

하루종일 글씨를 공부하여도
짹자 한 자 밖에는 더 못쓰는 걸.

삶과 죽음

삶은 오늘도 죽음의 서곡을 노래하였다.
이 노래가 언제나 끝나랴.

세상 사람은—
뼈를 녹여내는 듯한 삶의 노래에
춤을 춘다
사람들은 해가 넘어가기 전
이 노래 끝의 공포를
생각할 사이가 없었다.

하늘 복판에 알 새기듯이
이 노래를 부른 자가 누구뇨

그리고 소낙비 그친 뒤같이도
이 노래를 그친 자가 누구뇨

죽고 뼈만 남은
죽음의 승리자(勝利者) 위인(偉人)들!

황혼이 바다가 되어

하루도 검푸른 물결에
흐느적 잠기고... 잠기고...

저 웬 검은 고기떼가
물든 바다를 날아 횡단(橫斷)할꼬

낙엽이 된 해초
해초마다 슬프기도 하오.

서창(西窓)에 걸린 해말간 풍경화,
옷고름 너머 고아의 설움.

이제 첫 항해하는 마음을 먹고
방바닥에 나뒹구오... 뒹구오...

황혼이 바닷가 되어
오늘도 수많은 배가
나와 함께 이 물결에 잠겼을게요.

귀뚜라미와 나와

귀뚜라미와 나와
잔디밭에서 이야기했다.

귀뚤귀뚤
귀뚤귀뚤

이무에게도 알려 주지 말고
우리 둘만 알자고 약속했다.

귀뚤귀뚤
귀뚤귀뚤

귀뚜라미와 나와
달 밝은 밤에 이야기했다.

하늘과 바람과 별과 시

거짓부리

똑, 똑, 똑,
문 좀 열어 주세요.
하룻밤 자고 갑시다
밤은 깊고 날은 추운데
거 누굴까?
문 열어 주고 보니
검둥이의 꼬리가
거짓부리 한 걸.
꼬기요, 꼬기요,
달걀 낳았다.
간난아 어서 집어 가거라
간난이 뛰어가 보니
달걀은 무슨 달걀
고놈의 암탉이
대낮에 새빨간
거짓부리 한 걸

3.

산문

별똥 떨어진 데

밤이다.

하늘은 푸르다 못해 농회색(濃灰色)으로 캄캄하나 별들만은 또렷또렷 빛난다. 침침한 어둠 뿐만 아니라 오싹오싹 춥다. 이 육중한 기류 가운데 자조(自嘲)하는 한 젊은이가 있다. 그를 나라고 불러 두자.

나는 이 어둠에서 배태(胚胎)되고 이 어둠에서 생장하여서 아직도 이 어둠 속에 그대로 생존하나 보다. 이제 내가 갈 곳이 어딘지 몰라 허우적거리는 것이다. 하기는 나는 세기의 초점인 듯 초췌하다. 얼핏 생각하기에는 내 바닥을 반듯이 받들어 주는 것도 없고 그렇다고 내 머리를 압박이 내려누르는 아무것도 없는 듯하다마는 내막은 그렇지도 않다. 나는 도무지 자유스럽지 못하다. 다만 나는 없는 듯 있는 하루살이처럼 허공에 부유하는 한 점에 자나지 않는다. 이것이 하루살이처럼 경쾌하다면 마침 다행할 것인데 그렇지를 못하구나!

이 점의 대칭 위치에 또 다른 밝음(明)의 초점이 도사리고 있는 듯 생각된다. 덥석 움키었으면 잡힐 듯도 하다마는 그것을 휘잡기에는 나 자신이 둔질(鈍質)이라는 것보다 오히려 내 마음에 아무런 준비도 배포치 못한 것이 아니냐. 그러고 보니 행복이라는 별스런 손님을 불러들이기에도 또 다른 한 가닥 구실을 치르지 않으면 안 될까보다.

이 밤이 나에게 있어 어린 적처럼 한낱 공포의 장막인 것은 벌써 흘러간 전설이오. 따라서 이 밤이 향락의 도가니라는 이야기도 나의 염원에선 아직 소화사키지 못할 돌덩이다. 오로지 밤은 나의 도전의 호적(好敵)이면 그만이다.

이것이 생생한 관념 세계에만 머무른다면 애석한 일이다. 어둠 속에 깜박깜박 졸며 다닥다닥 나란히 한 초가들이 아름다운 시의 화사(華詞)가 될 수 있다는 것은 벌써 지나간 제네레이션의 이야기요, 오늘에 있어서는 다만 말 못하는 비극의 배경이다.

이제 닭이 홰를 치면서 맵짠 울음을 뽑아 밤을 쫓고 어둠을 짓내몰아 동켠으로 훠언히 새벽이란 새로운 손님을 불러온다 하자. 하나 경망스럽게 그리 반가워할 것은 없다. 보아라, 가령 새벽이 왔다고 하더라도 이 마을은 그대로 암담하고 나도 그대로 암담하고 하여서 너나 나나 이 가랑지길에서 주저주저 아니치 못할 존재들이 아니냐.

나무가 있다.

그는 나의 오랜 이웃이요 벗이다. 그렇다고 그와 내가 성

격이나 환경이나 생활이 공통한 데 있어서가 아니다. 말하자면 극단과 극단 사이에도 애정이 관통할 수 있다는 기적적인 교분(交分)의 표본에 지나지 못할 것이다.

나는 처음 그를 퍽 불행한 존재로 가소롭게 여겼다. 그의 앞에 설 때 슬퍼지고 측은한 마음이 앞을 가리곤 하였다. 마는 돌이켜 생각하건대 나무처럼 행복한 생물은 다시 없을 듯하다. 굳음에는 이루 비길 데 없는 바위에도 그리 탐탁치는 못할망정 자양분이 있다 하거늘 어디로 간들 생의 뿌리를 박지 못하며 어디로 간들 생활의 불평이 있을쏘냐. 칙칙하면 솔솔바람이 불어오고, 심심하면 새가 와서 노래를 부르다가 가고, 촐촐하면 한 줄기 비가 오고, 밤이면 수많은 별들과 오순도순 이야기할 수 있고― 보다 나무는 행동의 방향이란 거추장스러운 과제에 봉착하지 않고 안위적으로든 우연으로서든 탄생시켜준 자리를 지켜 무궁무진한 영양소를 흡취(吸取)하고 영롱한 햇빛을 받아들여 손쉽게 생활을 영위하고 오로지 하늘만 바라고 뻗어질 수 있는 것이 무엇보다 행복스럽지 않으냐.

이 밤도 과제를 풀지 못하여 안타까운 나의 마음에 나무의 마음이 점점 옮아오는 듯하고, 행동할 수 있는 자랑을 자랑치 못함에 뼈저리듯 하나 나의 젊은 선배의 웅변에 왈 선배도 믿지 못할 것이라니 그러면 영리한 나무에게 나의 방향을 물어야 할 것인가.

어디로 가야 하느냐, 동이 어디냐, 서가 어디냐, 남이 어디냐, 아차! 저 별이 번쩍 흐른다. 별똥 떨어진 데가 내가 갈 곳인가 보다. 하면 별똥아! 꼭 떨어져야 할 곳에 떨어져야 한다.

투르게네프의 언덕

나는 고개길을 넘고 있었다……그때 세 소년 거지가 나를 지나쳤다.

첫째 아이는 잔등에 바구니를 둘러메고, 바구니 속에는 사이다병, 간스매통, 쇳조각, 헌 양말짝 등 폐물이 가득하였다.

둘째 아이도 그러하였다.

셋째 아이도 그러하였다.

덥수룩한 머리털, 시커먼 얼굴에 눈물 고인 충혈된 눈, 색 잃어 푸르스름한 입술, 너덜너덜한 남루, 찢겨진 맨발,

아아 얼마나 무서운 가난이 이 어린 소년들을 삼키었느냐!

나는 측은한 마음이 움직였다.

나는 호주머니를 뒤지었다. 두툼한 지갑, 시계. 손수건…… 있을 것은 죄다 있었다.

그러나 무턱대고 그것들을 내줄 용기는 없었다. 손으로 만지작 만지작거릴 뿐이었다.

다정스레 이야기나 하리라고 "얘들아" 불러보았다.

첫째 아이가 충혈된 눈으로 흘끔 돌아다볼 뿐이었다.

둘째 아이도 그러할 뿐이었다.

셋째 아이도 그러할 뿐이었다.

그리고는 너는 상관없다는 듯이 자기네끼리 소근소근 이야기하면서 고개를 넘어갔다.

언덕 위에는 아무도 없었다.

짙어가는 황혼이 밀려들 뿐

화원에 꽃이 핀다

개나리, 진달래, 앉은뱅이, 라일락, 민들레, 찔레, 복사, 들장미, 해당화, 모란, 릴리, 창포, 튜울립. 카네이션, 봉선화, 백일홍, 채송화, 다알리아, 해바라기, 코스모스—코스모스가 홀홀이 떨어지는 날 우주의 마지막은 아닙니다. 여기에 푸른 하늘이 높아지고 빨간 노란 단풍이 꽃에 못지않게 가지마다 물들었다가 귀뚜라미 울음이 끊어짐과 함께 단풍의 세계가 무너지고 그 위에 하룻밤 사이에 소복이 흰눈이 눈이 내려 쌓이고 화로에는 빨간 숯불이 피어오르고 많은 이야기와 많은 일이 화롯가에서 이루어집니다.

독자제현! 여러분은 이 글이 쓰이는 때를 독특한 계절로 짐작해서는 아니됩니다. 아니, 봄, 여름, 가을, 겨울, 어느 철로나 상정(想定)하셔도 무방합니다. 사실 1년 내내 봄일 수는 없습니다. 하나 이 화원에는 사철 내 봄이 청춘들과 함께 싱싱하게 등대하여 있다고 하면 과분한 자기선전(自己宣傳)일까요. 하나의 꽃밭이 이루어지도록 손쉽게 되는 것이 아니라 고생과 노력이 있어야 하는 것입니다. 딴은 얼마의 단어를 모아 이 졸문(拙文)을 지적거리는데도 내 머리는 그렇게 명석한 것은 못 됩니다. 한 해 동안을 내 두뇌로서가 아니라 몸으로서 일일이 헤아려 세포 사이마다 간직해 두어서야 몇 줄의 글이 이루어집니다. 그리하여 나에게 있어 글을 쓴다는 것이 그리 즐거운 일일 수는 없습니다. 봄바람의 고민에 찌들고 녹음(綠陰)의 권태에 시들고, 가을 하늘 감상에 울고 노변(爐邊)의 사색에 졸다가 이 몇 줄의 글과 나의 화원과 함께 나의 1년은 이루어집니다.

　시간을 먹는다는(이 말의 의의와 이 말의 묘미는 칠판 앞에 서 보신 분과 칠판 밑에 앉아 보신 분은 누구나 아실 것입니다) 것은 확실히 즐거운 일임이 틀림없습니다. 하루를 휴강한다는 것보다(하긴 슬그머니 까먹어 버리면 그만이지만) 다못한, 숙제를 못 해왔다든가, 따분하고 졸리고 한때, 한 시간의 휴강은 진실로 살로 가는 것이어서, 만일 교수가 불편하여서 못 나오셨다고 하더라도 미처 우리들의 예의를 갖출 시간이 없는 것입니다. 그러나 이것을 우리들의 망발과 시간의 낭비라고 속단하셔선 아니됩니다. 여기에 화원이 있습니다. 한 포가 푸른 풀과 한 떨기의 붉은 꽃과 함께 웃음이 있습니다. 노트장을 적시는 것보다 오우충동(汗牛充棟)에 묻혀 글줄과 씨름하는 것보다 더 정확한 진리를 탐구할 수 있을는지, 보다 더 효과적인 성과가 있을지를 누가 부인하겠습니까.

　나는 이 귀한 시간을 슬그머니 동무들을 떠나서 단 혼자

화원을 거닐 수 있습니다. 단 혼자 꽃들과 풀들과 이야기할 수 있다는 것이 얼마나 다행한 일이겠습니까. 참말 나는 온 정으로 이들을 대할 수 있고 그들은 나를 웃음으로 맞아 줍니다. 그 웃음을 눈물로 대한다는 것은 나의 감상일까요. 고독, 정적도 확실히 아름다운 것임에 틀림이 없으나, 여기에 또 서로 마음을 주는 동무가 있는 것도 다행한 일이 아닐 수 없습니다. 우리 화원 속에 모인 동무들 중에, 집에 학비를 청구하는 편지를 쓰는 날 저녁이면 생각하고 생각하던 끝 겨우 몇 줄 써 보낸다는 A군, 기뻐해야 할 서류(통칭 월급봉투)를 받아든 손이 떨린다는 B군, 사랑을 위하여서는 밥맛을 잃고 잠을 잊어버린다는 C군, 사상적(思想的) 당착(撞着)에 자살을 가약한다는 D군…… 나는 이 여러 동무들의 갸륵한 심정을 내 것인 것처럼 이해할 수 있습니다. 서로 너그러운 마음으로 대할 수 있습니다.

나는 세계관, 인생관, 이런 좀 더 큰 문제보다 바람과 구름과 햇빛과 나무와 우정, 이런 것들에 더 많아 과로워해왔는지 모르겠습니다. 단지 이 말이 나의 역설이나, 나 자신을 흘리는 데 지날 뿐일까요. 일반은 현대 학생 도덕이 부패했다고 말합니다. 스승을 섬길 줄을 모른다고들 합니다. 옳은 말

씀들입니다. 부끄러울 따름입니다. 하나 이 결함을 과로워하는 우리들 어깨에 지워 광야로 내쫓아버려야 하나요, 우리들의 아픈 데를 알아주는 스승, 우리들의 생채기를 어루만져주는 따뜻한 세계가 있다면 박탈된 도덕일지언정 기울여 스승을 진심으로 존경하겠습니다. 온정의 거리에서 원수를 만나면 손목을 붙잡고 목놓아 울겠습니다.

세상은 해를 거듭 포성(砲聲)에 떠들썩하건만 극히 조용한 가운데 우리들 동산에서 서로 융합할 수 있고 이해할 수 있고 종전의가 있는 것은 시세(時勢)의 역효과일까요.

봄이 가고 여름이 가고, 가을 코스모스가 홀홀이 떨어지는 날 우주의 마지막은 아닙니다. 단풍의 세계가 있고ー이상이 견빙지(履霜而堅氷至)ー 서리를 밟거든 얼음이 굳어질 것을 각오하라가 아니라, 우리는 서릿발에 끼친 낙엽을 밟으면서 멀리 봄이 올 것을 믿습니다.

노변(爐邊)에서 많은 일이 이뤄질 것입니다.

달을 쏘다

번거롭던 사위(四圍)가 잠잠해지고 시계 소리가 또렷하다 보니 밤은 적이 깊을 대로 깊은 모양이다. 보던 책자를 책상머리에 밀어넣고 잠자리를 수습한 다음 잠옷을 걸치는 것이다. '딱' 스위치 소리와 함께 전등을 끄고 창(窓)녘의 침대에 드러누우니 이때까지 밝은 휘양찬 달밤이었던 것을 감각치 못하였었다. 이것도 밝은 전등의 혜택이었을까.

나의 누추한 방이 달빛에 잠겨 아름다운 그림이 된다는 것보다도 오히려 슬픈 선창(船艙)이 되는 것이다. 창살이 이마로부터 콧마루, 입술, 이렇게 하얀 가슴에 여민 손등에까지 어른거려 나의 마음을 간지르는 것이다. 옆에 누운 분의 숨소리에 방은 무시무시해진다. 아이처럼 황황해지는 가슴에 눈을 치떠서 밖을 내다보니 가을 하늘은 역시 맑고 우거진 송림은 한 폭의 묵화다. 달빛은 솔가지에 쏟아져 바람인 양 쏴-소리가 날 듯하다. 들리는 것은 시계 소리와 숨소리와 귀뚜라미 울음뿐 벅쩍 대던 기숙사도 절간보다 더한 층 고요한 것이 아니냐?

나는 깊은 사념에 잠기기 한창이다. 딴은 사랑스런 아가씨를 사유(私有)할 수 있는 아름다운 상화(想華)도 좋고, 어릴 적 미련을 두고 온 고향에의 향수도 좋거니와 그보다 손쉽게 표현 못할 그 무엇이 있다.

바다를 건너온 H군의 편지 사연을 곰곰 생각할수록 사람과 사람 사이의 감정이란 미묘한 것이다. 감상적인 그에게도 필연코 가을은 왔나 보다.

편지는 너무나 지나치지 않았던가. 그 중 한 토막.

"군(君)아, 나는 지금 울며울며 이 글을 쓴다. 이 밤도 달이 뜨고, 바람이 불고, 인간인 까닭에 가을이란 흙냄새도 안다, 정(情)의 눈물, 따뜻한 예술학도였던 정의 눈물도 이 밤이 마지막이다"

또 마지막 켠으로 이런 구절이 있다.

"당신은 나를 영원히 쫓아버리는 것이 정직할 것이오."

나는 이 글의 뉘앙스를 해독할 수 있다. 그러나 사실 나는 그에게 아픈 소리 한 마디 한 일이 없고 서러운 글 한 쪽 보낸 일이 없지 아니한가. 생각컨대 이 죄는 다만 가을에게 지워보낼 수 밖에 없다.

홍안서생(紅顏書生)으로 이런 단안(斷案)을 내리는 것은 외람한 일이나 동무란 한낱 괴로운 존재요, 우정이란 진정코 위태로운 잔에 떠놓은 물이다. 이 말을 반대할 자 누구랴. 그러나 지기 하나 얻기 힘든다. 하거늘 알뜰한 동무 하나 잃어버린다는 것이 살을 베어내는 아픔이다.

나는 나를 정원에서 발견하고 창을 넘어 나왔다든가 방문을 열고 나왔다든가 왜 나왔느냐 하는 어리석은 생각에 두뇌를 괴롭게 할 필요는 없는 것이다. 다만 귀뚜라미 울음에도 수줍어지는 코스모스 앞에 그윽히 서서 닥터빌링스의 동상 그림자처럼 슬퍼지면 그만이다. 나는 이 마음을 아무에게나 전가시킬 심보는 없다. 옷깃은 만감이어서 달빛에도 싸늘히 추워지고 가을 이슬이란 선득 선득하여서 서러운 사나이의 눈물인 것이다. 발걸음은 몸뚱이를 옮겨 못가에 세워줄 때 못 속에도 역시 가을이 있고 삼경(三更)이 있고, 나무가 있고 달이 있다.

그 찰나 가을이 원망스럽고 달이 미워진다. 더듬어 돌을 찾아 달을 향하여 죽어라고 팔매질을 하였다. 통쾌! 달은 산산이 부서지고 말았다. 그러나 놀랐던 물결이 젖어들 때 오래잖아 달은 도로 살아난 것이 아니냐. 문득 하늘을 쳐다보니 얄마운 달은 머리 위에서 빈정대는 것을……

나는 꼿꼿한 나무가지를 골라 띠를 째서 줄을 메워 훌륭한 활을 만들었다. 그리고 좀 탄탄한 갈대로, 화살을 삼아 무사의 마음을 먹고 활을 쏘다.

종시 (終始)

　종점이 시점이 된다. 다시 시점이 종점이 된다.

　아침 저녁으로 이 자국을 밟게 되는데 이 자국을 밟게 된 연유가 있다. 일찍이 서산대사가 살았을 듯한 우거진 송림 속, 게다가 덩그러니 살림집은 외따로 한 채 뿐이었으나 식구로는 굉장한 것이어서 한 지붕 밑에서 팔도 사투리를 죄다 들을 만큼 모아놓은 미끈한 장정들만이 욱실욱실하였다. 이곳에 법령은 없었으나 여인 금납구(禁納區)였다. 만일 강심장의 여인이 있어 불의의 침입이 있다면 우리들의 호기심을 적이 자아내었고 방마다 새로운 화제(話題)가 생기곤 하였다. 이렇듯 수도생활에 나는 소라 속처럼 안도하였던 것이다.

　사건이란 언제나 큰 데서 동기가 되는 것보다 오히려 작은 데서 더 많아 발작하는 것이다.

　눈 온 날이었다. 동숙(同宿)하는 친구의 친구가 한 시간 남짓힌 문(門)안 들어가는 차 시간까지를 낭비하기 위하여 나의 친구를 찾아들어와서 하는 대화였다

　"자네 여보게 이 집 귀신이 되려나?"

　"조용한 게 공부하기 작히나 좋지 않은가."

　"그래 책장이나 뒤적뒤적하면 공분 줄 아나, 전차간에서 내다볼 수 있는 광경, 정거장에서 맛볼 수 있는 모든 일생활

아닌 것이 없거든, 생활 때문에 싸우는 이 분위기에 잠겨서, 보고, 생각하고, 분석하고, 이거야말로 진정한 의미의 교육이 아니겠는가 여보게! 자네 책장만 뒤지고 인생이 어떠하니 사회가 어떠하니 하는 것은 16세기에서나 찾아볼 일일세. 단연 문안으로 나오도록 마음을 돌리게."

　　나한테 하는 권고는 아니었으나 이 말에 귀틈이 뚫려 상푸둥* 그러리라고 생각하였다. 비단 여기만이 아니라 인간을 떠나서 도를 닦는 것이 한낱 오락이요, 오락이매 생활이 될 수 없고 생활이 될 수 없으매 이 또한 죽은 공부가 아니라. 공부도 생활화하여야 되리라 생각하고 불일내에 문안으로 들어가기를 내심으로 단정해 버렸다. 그 뒤 매일같이 이 자국을 밟게 된 것이다.

　　나만 일찍이 아침거리의 새로운 감촉을 맛볼 줄만 알았더니 벌써 많은 사람들의 발자국에 포도(鋪道)는 어수선할대로 어수선했고 정류장에 머물 때마다 이 많은 무리를 죄다 꾸역꾸역 자꾸 박아 싣는데 늙은이 젊은이 아이 할 것 없이 손에 꾸러미를 안 든 사람은 없다. 이것이 그들 생활의 꾸러

* 상푸둥: 과연, 모르면 몰라도

🍃 하늘과 바람과 🍃 별과 시 🌱

미요, 동시에 권태의 꾸러민지도 모르겠다.

이 꾸러미를 든 사람들의 얼굴을 하나하나씩 뜯어보기로 한다. 늙은이 얼굴이란 너무 오래 세파에 찌들어서 문제도 안 되겠거니와 그 젊은이들 낯짝이란 도무지 말씀이 아니다. 열이면 열이 다 우수(憂愁) 그것이요, 백이면 백이 다 비참 그것이다. 이들에게 웃음이란 가뭄에 콩싹이다. 필경 귀여우리라는 아이들의 얼굴을 보는 수밖에 없는데 아이들의 얼굴이란 너무나 창백하다. 혹시 숙제를 못해서 선생한테 꾸지람을 들을 것이 걱정인지 풀이 죽어 쭈그러뜨린 것이 활기란 도무지 찾아볼 수 없다. 내 상도 필연코 그 꼴일 텐데 내 눈으로 그 꼴을 보지 못하는 것이 다행이다. 만일 다른 사람의 얼굴을 보듯 그렇게 자주 내 얼굴울 대한다고 할 것 같으면 벌써 요사(夭死)하였을지도 모른다.

나는 내 눈을 의심하기로 하고 단념하자.

차라리 성벽 위에 펼친 하늘을 쳐다보는 편이 더 통쾌하다. 눈은 하늘과 성벽 경계선을 따 자꾸 달리는 것인데 이 성벽이란 현대로서 캄플러치*한 옛 금성(禁城)이다. 이 안에서 어떤 일이 이루어졌으며 어떤 일이 행하여지고 있는지 성 밖

* 캄플러치: 위장을 뜻하는 "camouflage"의 옛날식 발음

에서 살아왔고 살고 있는 우라들에게는 알 바가 없다. 이제 다만 한 가닥 희망은 이 성벽이 끊어지는 것이다.

기대는 언제나 크게 가질 것이 못되어서 성벽이 끊어지는 곳에 는 총독부, 도청, 무슨 참고관, 체신국(遞信局), 신문사, 소방조(消防組), 무슨 주식화사, 부청(府廳), 양복점, 고물상 등 나란히 하고 연달아 오다가 아이스케이크 간판에 눈이 잠깐 머무는데 이놈을 눈 내린 겨울에 빈 집을 지키는 꼴이라든가 제 신분에 맞지 않는 가게를 지키는 꼴을 살짝 필름에 올려 본달 것 같으면 한 폭의 고등(高等) 풍자만화가 될 텐데 하고 나는 눈을 감고 생각하기로 한다. 사실 요즈음 아이스케이크 간판 신세를 면치 아니치 못할 자 얼마나 되랴. 아이스케이크 간판은 정열에 불타는 담서(炎署)가 진정코 아쉽다.

눈을 감고 한참 생각하노라면 한 가지 거리끼는 것이 있는 데 이것은 도덕률이란 거추장스러운 의무감이다. 젊은 녀석이 눈을 딱 감고 버티고 앉아 있다고 손가락질 하는 것 같아 번쩍 눈을 떠 본다. 하나 가까이 자선(慈善)할 대상이 없음에 자리를 잃지 않겠다는 심정보다 오히려 아니꼽게 본 사람이 없으리란 데 안심이 된다.

이것은 과단성(果斷性) 있는 동무의 주장이지만 전차에서 만난 사람은 원수요, 기차에서 만난 사람은 지기(知己)라는 것이다. 딴은 그러리리고 얼마큼 수긍하였다. 한자리에서 몸을 비비적거리면서도 "오늘은 좋은 닐씨올시다" "어디서 내리시나요" 쯤의 인사는 주고받을 법한데 일언반구 없이 뚱ㅡ한 꼴들이 작히나 큰 원수를 맺고 지내는 사람들 같다. 만일 상냥한 사람이 있어 요만큼의 예의를 밟는다고 할 것 같으면 전차 속의 사람들은 이를 정신이상자로 대접할게다. 그러나 기차에서는 그렇지 않다. 명함을 서로 바꾸고 고향 이야기, 행방(行方)이야기를 거리낌없이 주고받고 심지어 남의 여로(旅路)를 자기의 여로인 것처럼 걱정하고, 이 얼마나 다정한 인생행로냐?

이러는 사이에 남대문을 지나쳤다. 누가 있어 "자네 매일같이 남대문을 두 번씩 지날 터인데 그래 늘 보곤 하는가?"라는 어리석은 듯한 멘탈 테스트를 낸다면 나는 아연해지지 않을 수 없다. 가만히 기억을 더듬어 본달 것 같으면 늘이 아니라 이 자국을 밟은 이래 그 모습을 한 번이라도 쳐다본 적이 있었던 것 같지 않다. 하기는 나의 생활에 긴한 일이 아니매 당연한 일일게다. 하나 여기에 하나의 교훈이 있다. 횟수가 너무 잦으면 모든 것이 피상적이 되어버리느니라.

이것과는 관련이 먼 이야기 같으나 무료한 시간을 까기 위하여 한마디 하면서 가자.

시골서는 내로라하는 양반이었던 모양인데 처음 서울 구경을 하고 돌아가서 며칠 동안 배운 서울 말씨를 섣불리 써 가며 서울 거리를 손으로 형용하고 말로써 떠벌려 놓더라는데, 정거장에 턱 내리니 앞에 고색이 창연한 남대문이 반기는 듯 가로막혀 있고, 총독부 집이 크고 창경원에 백 가지 금수(禽獸)가 봄직하고, 덕수궁의 옛 궁전이 회포를 자아냈고 화신* 승강기는 머리가 휭―했고 본정(本町)엔 전등이 낮처럼 밝은데 사람이 물밀듯 밀리고, 전차란 놈아 윙윙 소리를 지르며 연달아 달리고―서울이 자기 하나를 위하여 이루어진 것처럼 우쭐했는데 이것쯤은 있을 법한 일이다. 한데 게도 방정꾸러기가 있어

"남대문이란 현판이 참 명필이지요?"

하고 물으니 대답이 걸작이다.

"암 명필이고 말고 남자, 대자, 문자, 하나하나가 살아서 막 꿈틀거리는 것 같네."

* 화신: 1930년도에 종로구 인사동에 위치했던 백화점

어느 모로나 서울 자랑하려는 이 양반으로서는 가당(可當)한 대답일 게다. 이분에게 아현동 고개 막바지에, ―아니치벽한 데 말고,―가까이 종로 뒷골목에 무엇이 있던가를 물었다면 얼마나 당황했으랴.

나는 종점을 시점으로 바꾼다.

내가 내리는 곳이 나의 종점이오. 내가 타는 곳이 나의 시점이 되는 까닭이다. 이 짧은 순간 많은 사람들 속에 나를 묻는 것인데 나는 이네들에게 너무나 피상적이 된다. 나의 휴머니티를 이네들에게 발휘해낸다는 재주가 없다. 이네들의 기쁨과 슬픔과 아픈 데를 나로서는 측량할 수가 없는 까닭이다. 너무 막연하다. 사람이란 횟수가 잦은 데와 양이 많은 데는 너무나 쉽게 피상적이 되나보다. 그럴수록 자기 하나 간수하기에 분주하나 보다.

시그널을 밟고 기차는 왱― 떠난다. 고향으로 향한 차도 아니건만 공연히 가슴은 설렌다. 우리 기차는 느릿느릿 가다 숨차면 가정거장(假停車場)에서도 선다. 매일같이 웬 여자들인지 주룽주룽 서 있다. 저마다 꾸러미를 안았는데 예의 그 꾸러민 듯싶다. 다들 방년(芳年)된 아가씨들인데 몸매로 보아하니 공장으로 가는 직공들은 아닌 모양이다. 하나 경망스럽게 유리창을 통하여 미인 판단을 내려서는 안 된다. 피상적 법칙이 여기에도 적용될지 모른다. 투명한 듯하여 믿지 못할 것이 유리다. 얼굴을 짜개 논 듯이 한다든가 이마를 좁다랗게 한다든가 코를 말코로 만든다든가 턱을 조개턱으로 만든다든가 하는 악희(惡戲)를 유리창이 때대로 감행하는 까닭이다. 판단을 내리는 자에게는 별반 아해관계가 없다손 치더라도 판단을 받는 당자(當者)에게 오려던 행운이 도망갈는지를 누가 보장할소냐. 하여간 아무라 투명한 꺼풀일지라도 깨끗이 벗겨버리는 것이 마땅할 것이다.

이윽고 터널이 입을 벌리고 기다리는데 거리 한가운데 지하철도 아닌 터널이 있다는 것이 얼마나 슬픈 일이냐. 이 터널이란 인류 역사의 암흑시대요. 인생행로의 고민상(苦悶相)이다. 공연히 바퀴 소리만 요란하다, 구역질날 악질의 연기가 스며든다. 하나 미구(未久)에 우리에게 광명의 천지가 있다.

터널을 벗어났을 때 요즈음 복선공사(複線工事)에 분주한 노동자들을 볼 수 있다. 아침 첫차에 나갔을 때에도 일하고 저녁 늦차에 들어올 때에도 그들은 일하는데 언제 시작하여 언제 끝나는지 나로서는 헤아릴 수 없다. 이네들이야말로 건

설의 사도들이다. 땀과 피를 아끼지 않는다.

그 육중한 도락구*를 밀면서도 마음만은 요원(遙遠)한 데 있어 도락구 판장에다 서투른 글씨로 신경행(新京行)이니 북경행(北京行)이니 남경행(南京行)행이라고 써서 타고 다니는 것이 아니라 밀고 다닌다. 그네들의 마음을 엿볼 수 있다. 그것이 고력(苦力)에 위안이 안 된다고 누가 주장하랴.

이제 나는 곧 종시를 바꿔야 한다. 하나 내 차에도 선경행, 북경행, 남경행을 달고 싶다. 세계일주행이라고 달고 싶다. 아니 그보다도 진정한 내 고향이 있다면 고향행으로 달겠다. 도착해야 할 시대의 정거장이 있다면 더 좋다.

* 도락구: 일본어 '트럭'의 옛말

작가 연보

1917년 12월 30일 만주 간도성 화룡면 명동촌에서 아버지 윤영석과 어머니 김용의 맏아들로 태어났다.

1925년 명동 소학교에 입학했다. 같은 학년에 고종사촌 송몽규, 당숙 윤영선, 외사촌 김정우, 문익환 등이 있었다.

1927년 명동소학교 5학년 때에 급우들과 함께 「새 명동」이라는 문예지를 등사판으로 제작해 인쇄했다.

1931년 명동소학교 졸업 후 송몽규, 김정우와 함께 명동에서 조금 떨어진 곳에 있는 화룡현립 제일소학교 고등과에 편입하여 1년간 공부했다.

1932년 용정의 기독교 계열학교인 은진중학교에 송몽규, 문익환과 함께 입학했다. 명동에서 20리 정도 떨어진 이곳으로 통학하기 위해 가족 모두가 용정으로 이시했다.

1934년 「초 한 대」, 「삶과 죽음」, 「내일은 없다」 등 3편의 시를 썼다. 이는 오늘날 찾아볼 수 있는 윤동주의 최초 작품이며, 이때부터 자기 시 작품에 시작(詩作) 날짜를 기록하고 있다.

1935년 은진중학교 4학년 1학기를 마치고 평양 숭실중학교 3학년 2학기로 편입한다. 숭실중학교 YMCA문예부에서 내던 「숭

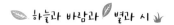

실활천」제15호에 '공상'을 발표했다.

1936년 숭실중학교에 대한 신사참배 강요에 항의하여 자퇴하고 고향 용정으로 돌아와 5년제인 광명학원 중학부 5학년에 편입했다. 간도에서 발행되던 「카톨릭 소년」11월호에 동시 「병아리」, 12월호에 「빗자루」를 윤동주(尹東柱)라는 이름으로 발표했다.

1937년 「카톨릭 소년」 1월호에 동시 「오줌싸개 지도」, 3월호에 「무얼 먹고 사나」, 10월호에 '거짓부리'를 윤동주라는 이름으로 각기 발표했다. 진로 문제로 문학을 희망하면서 의학을 선택하라는 아버지와 갈등하나, 할아버지의 권유로 문학 관련 학과에 잔학하기로 했다.

1938 광명중학교를 졸업하고 서울 연희전문대학 문과에 입학. 기숙사 생활을 시작했다. 같은 해 송몽규도 윤동주와 함께 연희전문대학에 입학했다. 외솔 최현배 선생에게 조선어를 배우고 이양하 교수에게서 영시를 배웠다.

1939 조선일보 학생란에 산문 「달을 쏘다」(1. 23) 시「유언」(2. 6) 「아우의 인상화」(10. 17)를 윤동주(尹東柱)와 윤주(尹柱)라는 이름으로 발표했다. 동시 산울림」을 '소년' 3월호에 윤동주(尹東柱)라는 이름으로 발표했다. 새로 연희전문대에 입학한 하동 학생 정병욱을 알게 되어 친해진다. 정병욱과 함께 이화여자전문대학 구

내 형성교회에 다니며 영어 성서반에 참석한다.

1941년 정병욱과 함께 기숙사에서 나와 종로구 누상동 9번지의 소설가 김송의 집에서 하숙하기 시작했으나 요시찰인 김송과 학생들에 대한 일본 경찰의 주목이 심하여 그곳을 나와 북아현동의 전문인 하숙집으로 들어간다. 연전문대학 졸업 기념으로 19편의 작품을 모아 자선시집 「하늘과 바람과 별과 시(詩)」를 77부 한정판으로 출간하려 했으나, 당시 흉흉한 세상을 주변인들의 만류로 뜻을 이루지 못하고 시집을 3권 제작하여 한 부는 자신이 가지고, 이양하 선생과 정병욱에게 1부씩 증정했다. 본래 이 시집의 제목은 병든 사회를 치유한다는 상징적 의미로 '병원'이었으나 「서시」를 쓴 후 바꾸었다. 같은 해에 일본 유학을 위해 '히라누마'라는 이름을 사용했다.

1942년 고국에서 쓴 마지막 작품이 된 시 「참회록」을 썼다. 도쿄의 릿쿄대학 문학부 영문과에 입학했다. 「쉽게 쓰여진 시(詩)」 등 이때 쓴 시 5편을 서울의 친구에게 보냈다. 오늘날 볼 수 있는 윤동주의 생전 마지막 작품들이 대부분 이때 쓰였다.

1943년 송몽규가 교토 시모가모 경찰서에 독립운동 혐의로 검거됐다. 윤동주는 고향에 가려고 준비하다가 송몽규와 같은 혐의로 검거됐고, 이때 윤동주가 썼던, 작품과 일기가 압수됐다. 당숙 윤영춘이 교토로 면회갔을 때 윤동주가 일본 형사와 대좌하여

우리말 작품과 일기를 일어로 번역하고 있는 것을 목격했다고 전해진다.

1944년 교토 지방재판소에서 '독립운동' 죄목으로 2년형을 언도 받았다. 송몽규 역시 같은 죄목으로 2년형을 언도 받았고 이후 둘 다 큐슈 후쿠오카 형무소에 수감되었다.

1945년 2월 16일, 큐슈 후쿠오카 형무소에서 사망했다.

뒷이야기

윤동주가 이 후쿠오카 형무소에서 절명한 시간은 1945년 2월 16일 새벽 3시 36분이었다. 조국 해방을 꼭 여섯 달 앞둔 날이었다.

'윤동주가 사망했다,는 전보를 받고 아버지 윤영석이 당시 미공군의 폭격이 심해서 위험하다는 만류를 뿌리치고 현해탄을 건너 후쿠오카 형무소에 갔다. 형무소를 방문하여 먼저 아들과 함께 수감되어 있던 송몽규를 만나 윤동주가 참혹하게 죽어갔다는 이야기를 들었다. 아버지는 시체실로 들어가 의학실험용으로 방부제 처리를 해놓은, 그래서 잠자는 듯한 아들의 시체를 인수한 다음 후쿠오카 시내에 있는 화장장으로 가서 화장한 후 유골을 안고 용정으로 돌아왔다. 현해탄을 건너면서 아버지는 청춘의 꿈을 아루지 못한 아들의 원혼이라도 달래야겠다는 생각으로 유골 일부를 현해탄에 뿌렸다.

윤동주의 묘소는 용정시 동북쪽 합성리(合成里) 동산(東山)에 있다. 윤동주의 묘소는 그가 일본에서 생을 마감한 지 40년이 지나서야 발견되었다. 처음 윤동주의 묘를 발견한 이는 일본인 윤동주 연구가 오무라 마스오(大村益夫)였다. 그는 1985년 5월 14일 윤동주의 묘지를 발견하고 이를 국내 학계에 알렸다.

하늘과 바람과 별과 시

2024년 6월 20일   초판 인쇄
2024년 6월 25일   초판 발행

지은이   윤동주
펴낸이   박종수
펴낸곳   (유)태평양저널
공급처   (유)한국영상문화사

등록   1991년 5월 3일 (제2017-000030)
주소   서울시 영등포구 신길로 23
전화   02 · 834 · 1806~7
팩스   02 · 834 · 1802

※ 잘못 만들어진 책은 바꾸어 드립니다.

즐거운 메모